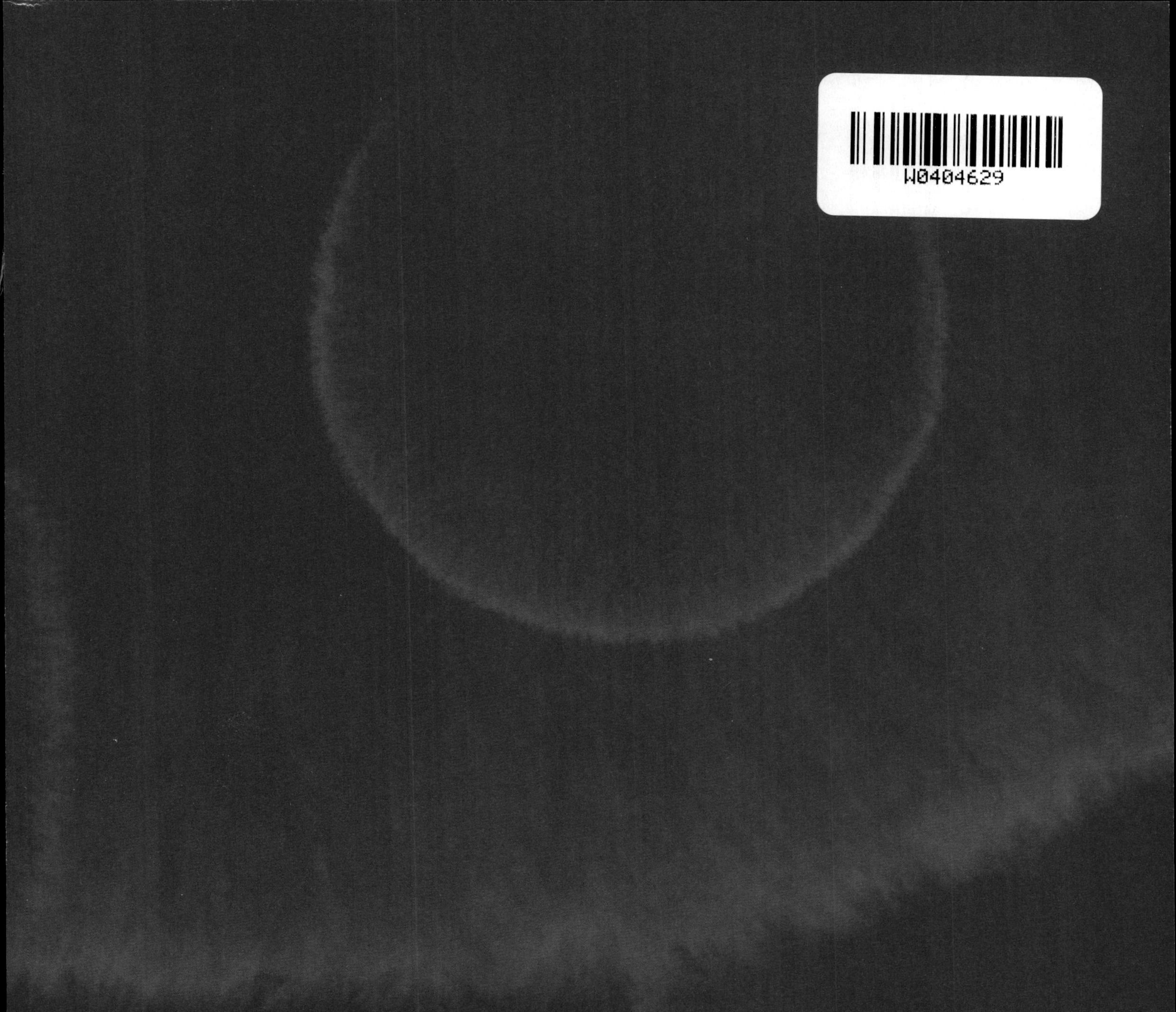

Para Aitor, porque entender tus miedos me ha hecho aprender a ser mejor madre.

LA MIRADA DE DANIEL
Inteligencia emocional

Juan con miedos

Avda. San Francisco Javier, 9, 6ª, 23
Edificio Sevilla 2
41018 - SEVILLA
Tlfn: 912.665.684
info@babidibulibros.com
www.babidibulibros.com

Impreso en España
Primera edición: octubre, 2023

ISBN: 978-84-19973-63-4
Depósito Legal: SE 1682-2023

JUAN CON MIEDOS

Alma Serra

Ilustrado por: Blanca Galván

BABI DIBU

ALMA SERRA

Autora

Soy psicóloga general sanitaria, antropóloga social y cultural y maestra especialista en música. Especialista en duelo desde el enfoque del Proceso MAR, del cual soy formadora y una apasionada. Especialista también en trauma, abordaje que hago como clínico EMDR.

En 2015 fundé la Asociación Española de Educación Emocional, que presido actualmente y compagino con la dirección del Centro de Psicología Humanista de Sevilla. Directora del Máster de Educación Emocional de la Universidad Pablo de Olavide hasta el 2020, y colaboradora en diferentes universidades españolas. Actualmente dirijo cursos de especialización en duelo y trastorno de conducta en la Universidad Pablo de Olavide. Dedico parte de mi trabajo a la consulta clínica, la formación a docentes y profesionales de la psicología y el campo social.

En los últimos años me he sumergido en el mundo de la escritura y el diseño de materiales que comenzó con *Un pellizco en la barriga*, y que ha continuado con otros títulos como *Ahora me veo*, para concienciar sobre la transexualidad infantojuvenil, *Delfín. Una Historia de principio a FIN* para el acompañamiento al duelo por suicidio, las *Cartas MAR*, una baraja de cartas para el acompañamiento al duelo, y *La rueda de las emociones*, para ampliar el vocabulario emocional. Autora y coautora de otros libros que abordan diferentes temáticas como el duelo, interculturalidad y metodologías educativas.

Almaserra80

Almaserra.com

Almaserra.com

www.almaserra.com

BLANCA GALVÁN

Ilustradora

He trabajado varios años en la investigación académica, he realizado diversas formaciones de psicoterapia y posteriormente me he habilitado como Psicóloga General Sanitaria. También he colaborado como ilustradora y diseñadora gráfica en diferentes proyectos afines a mis intereses, como los materiales y cuentos de Alma Serra o diferentes asociaciones y empresas de divulgación medioambiental. Actualmente trabajo en HUMANATURA, un proyecto que combina el servicio de psicoterapia online con divulgación sobre salud mental y crecimiento personal.

Puedes encontrarme y contactar conmigo en www.soyhumanatura.com

Blankitten y Amorblancaflor

@blankitten y @amorblancaflor

Prólogo

Cuando Alma me propuso hacer el prólogo de este cuento me llamó la atención la casualidad. Yo llevaba un año a vueltas con esto del miedo para un libro en el que estaba trabajando, y me parecía interesante la idea de explicar a los niños cómo funciona esta emoción y cómo relacionarnos con ella.

El título del cuento original, *Juan sin miedo,* refleja una tendencia social que está en la base de algunos problemas emocionales: la idea de que hemos de eliminar el miedo o ignorarlo, pelear contra él y vencerlo. Esta parece ser la única alternativa que se plantea frente a la posibilidad de caer presas del pánico y vivir en la inseguridad permanente.

Sin embargo, en *Juan con miedos*, el protagonista aprende a hacer otras cosas más interesantes. Consigue convivir con su miedo y entenderlo mejor. No está tan paralizado porque va empezando a sentirse capaz de hacer algo con él. Pero lo más importante es que puede hablar de ello. Entonces descubre que hay otros como él, lo que seguramente hace que se avergüence menos. Se siente cuidado y ayudado con su miedo, así que poco a poco se le va deshaciendo.

Para los papás y mamás, es difícil ver a un hijo o hija pasarlo mal, pero es importante no centrarnos en «quitarles» ese malestar cuanto antes. Si nos focalizamos en esto, creeremos que basta con decirle a un niño que los monstruos no existen para conseguir que se calme. Y cuando no funcione de un modo tan simple, podemos desesperarnos. Los miedos infantiles son normales en algunas etapas, y algunos niños y niñas son más miedosos: esto no supone ningún problema. Lo más importante es que los adultos estemos ahí para acompañarlos, para abrazarles sus miedos, para entenderlos, y desde ahí, ayudarles a hacer cosas con ellos. Leer un cuento puede ayudar a sacar el tema, y facilitar que lo puedan hablar. Pero sobre todo, ese momento de leer con nuestros niños y niñas es uno de esos momentos desde los que puede crecer lo que mejor disuelve el miedo: la seguridad.

Anabel González

Psiquiatra y psicoterapeuta. Presidenta de la Asociación EMDR España. Autora de superventas como *Lo bueno de tener un mal día, Las cicatrices no duelen, No soy yo* y *¿Por dónde se sale?*

El pasillo era interminable. Al fondo estaba la puerta del baño con ese rugido de leones que todas las noches parecía que tenían hambre. La oscuridad era tan oscura como la selva cuando la Luna está escondida y no se ve nada de nada. Lo único que podía ayudar a Juan a llegar al interruptor era la pequeña línea de luz que salía de debajo de la puerta del cuarto de su hermana Vega. Tenía el tiempo justo para dejar de respirar unos segundos y salir corriendo hasta darle a aquel botón y que se hiciera de día en aquel pasillo interminable.

ESTABA TODO CALCULADO.

—¡Es la última vez que te decimos que te vayas a la cama! —escuchó Juan de detrás de sus pequeñas y redondas orejas.
—Es que... Es que... ¡tengo hambre!
—Pero ¿cómo vas a tener hambre si acabas de cenar?
—Ya, pero ahora tengo hambre. Hambre y mucha sed.
—Anda, déjate de historias y vete ya a la cama.

Juan se dio la vuelta y continuó con sus cálculos matemáticos para atravesar aquel pasillo tenebroso. Sus padres no iban a darle agua ni comida, la verdad es que no tenía sed ni hambre, pero era la única estrategia que le quedaba para ver si alguien le ayudaba a atravesar aquella prueba terrorífica y podía llegar al baño y lavarse los dientes mientras intentaba callar a los leones que dormían dentro de la cisterna e irse a su cuarto corriendo sin mirar atrás.

AGOTADOOOR

«Juan, por favor, que mañana no hay quien te levante», retumbaba la voz de su padre dentro de su cabeza, mientras sentía un pellizco en la barriga. Era el miedo, otra vez le estaba avisando.
Sentía que era como en las películas de policías en las que hay persecuciones. El miedo siempre le seguía.

¡OJALÁ FUERA SOLO POR LAS NOCHES!

Tengo miedo a hablar delante de la clase,
miedo a ir a una excursión y no dormir en casa,
a que mis amigos no quieran jugar conmigo,
a que mis padres se separen,
a no aprobar un examen,
a que mis dibujos no le gusten a la gente.

Había veces que sentía el miedo en la garganta y lo imaginaba de COLOR ROJO, otras veces en la cabeza y lo veía AMARILLO LIMÓN. Cuando lo sentía en la barriga, imaginaba que era del color de las MANZANAS VERDES. Tenía toda una colección de miedos en el cuerpo de muchos colores.

El más grande de todos era una mezcla de todos los colores, ese miedo era enorme, lo sentía en todo el cuerpo y tenía un aspecto MORADO OSCURO BRILLANTE. Era el que sentía cuando... Vamos a decirlo bajito... cuando creía que no le querían. Uf, ese miedo era terrible.

¡CONSEGUIDO!

Dos piruetas, tres saltos mortales, seis pasos de puntilla y dientes lavados, tapa del váter cerrada y había conseguido llegar a su cuarto.

Sus padres eran los únicos que sabían lo que le pasaba. Le decían que tenía que ser valiente, que esas cosas estaban solo en su imaginación, que ya era un niño mayor… y todo eso solo le ayudaba a tener **¡más miedo! ¡Miedo a no ser capaz de superar sus miedos!**

Un viernes lluvioso, Juan invitó a su amiga Lucía a pasar la tarde en casa. Cuando empezó a oscurecer, la mamá de Juan les dio una buena noticia: «Lucía, esta noche te quedas en casa a dormir. Tus padres van a salir a dar un paseo y les hemos dicho que no se preocupen, que estamos encantados de que te quedes».

Los dos saltaron de alegría y se abrazaron muy fuerte. Aquella noticia era como una bomba de confetis de colores, qué bien se lo iban a pasar. Pero en ese momento, a Juan se le encendió el miedo de color naranja, ¿y si Lucía descubría su secreto?

De repente, Lucía se levanta de la cama y empieza a hacer gestos muy graciosos y a decir:

—Este es mi cuarto y aquí mando yo.

Alucinado y con la boca abierta, Juan le preguntó qué estaba haciendo, que si se había vuelto loca, y Lucía le explicó que era una frase mágica que convertía el miedo enorme que tenía a la oscuridad en pequeñito.

Los ojos de Juan empezaron a abrirse como dos platos redondos, asombrado de que Lucía tuviera un miedo igual que él.

Y Lucía continuó:

—Hace tiempo que ya no me hace falta decir la frase mágica, pero como es la primera vez que duermo en esta habitación, me siento más tranquila si la digo.

—¡Anda!, enséñame más cosas para no tener tanto miedo —le dijo Juan.

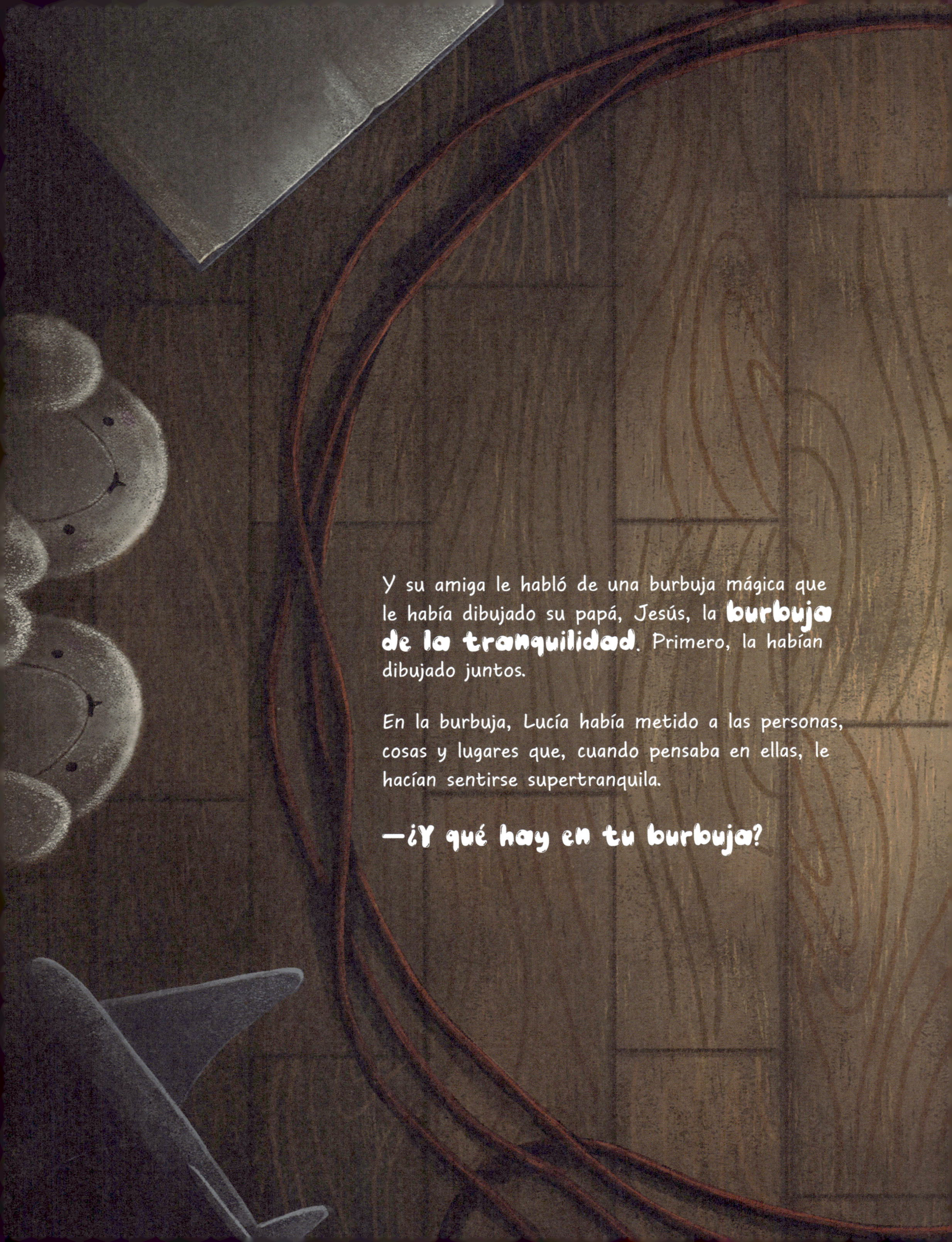

Y su amiga le habló de una burbuja mágica que le había dibujado su papá, Jesús, la **burbuja de la tranquilidad**. Primero, la habían dibujado juntos.

En la burbuja, Lucía había metido a las personas, cosas y lugares que, cuando pensaba en ellas, le hacían sentirse supertranquila.

—¿Y qué hay en tu burbuja?

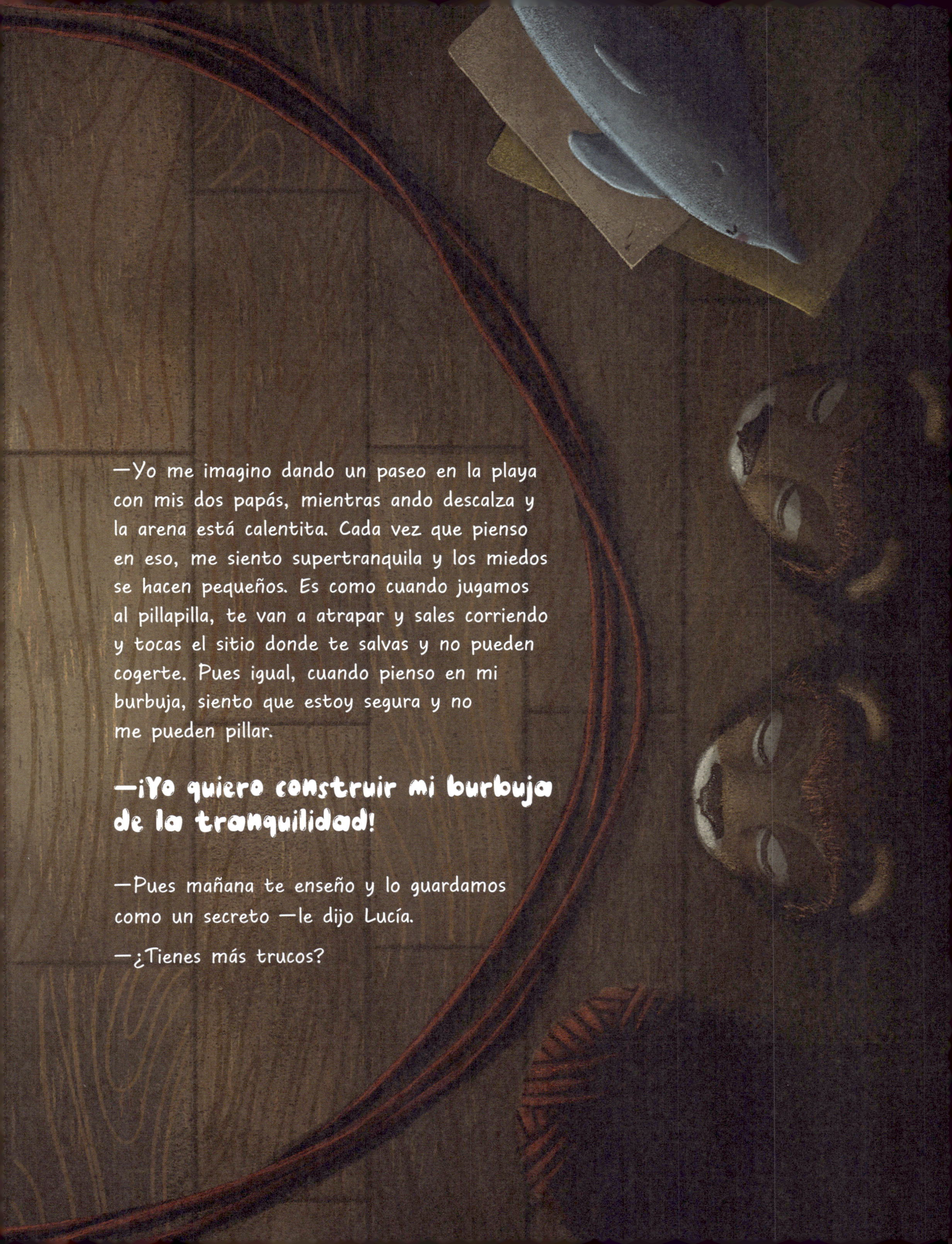

—Yo me imagino dando un paseo en la playa con mis dos papás, mientras ando descalza y la arena está calentita. Cada vez que pienso en eso, me siento supertranquila y los miedos se hacen pequeños. Es como cuando jugamos al pillapilla, te van a atrapar y sales corriendo y tocas el sitio donde te salvas y no pueden cogerte. Pues igual, cuando pienso en mi burbuja, siento que estoy segura y no me pueden pillar.

—¡Yo quiero construir mi burbuja de la tranquilidad!

—Pues mañana te enseño y lo guardamos como un secreto —le dijo Lucía.

—¿Tienes más trucos?

Su otro papá, Carlos, le había enseñado a diferenciar los tipos de miedos.

«Lucía, **el miedo** no existe,
existen **los miedos**»,

dijo Lucía, con una voz muy graciosa de señor mayor con bigote, imitándolo.

«Es muy importante que le pongamos nombre a cada uno y pensar si son grandes, medianos o pequeños».

—¡Anda! Yo hago eso, pero con colores. Tengo el miedo **AMARILLO**, **ROJO**, **NARANJA**... pero el peor de todos es el **MORADO OSCURO BRILLANTE**, ese es el más grande.

Lucía y Juan comenzaron a ordenar los miedos que sentían. Fueron poniéndole nombres: el miedo a la oscuridad es **MIEDO AL PELIGRO** y es grande y de color **AMARILLO,** el miedo a hablar en público es **VERGÜENZA** y es mediano y de color **VERDE,** el miedo a las excursiones es **INSEGURIDAD** y es **ROJO** y pequeño... Y entretenidos, con la linterna debajo de las sábanas de la cama, fueron ordenando cada uno de los miedos de Juan.

—Lucía, y cuando empiezas a sentir que algún miedo viene y se va a ir a alguna parte del cuerpo, ¿qué haces?

—Mi papá dice que me ponga la mano en la parte del cuerpo en la que siento que se queda: la cabeza, el pecho, la barriga... y que respire profundamente y me imagine que estoy dentro de mi burbuja de la tranquilidad. Antes, tardaba un poquito en que se hiciera pequeño y se fuera, y ahora lo consigo rápido. Le tengo pillado el truco. Ah, y si alguna vez no me funciona, mi padre me dice que pida ayuda y se lo cuente a alguna persona mayor que me pueda entender.

En ese momento, Juan se puso la mano en el pecho y comenzó a respirar. Todavía no había pensado en qué sería lo que habría dentro de su burbuja de la tranquilidad, pero notó que el miedo a la oscuridad se iba haciendo cada vez más pequeño.

—¡FUNCIONA!

—¡CLARO QUE FUNCIONA!

El miedo **AZUL** a la oscuridad se hizo tan pequeño, que consiguió quedarse dormido junto a Lucía.

Cuentos para dormir

Con olor a tostadas calientes, se levantaron los dos amigos y pasaron la mañana dibujando sus burbujas de la tranquilidad, coloreando miedos y poniéndoles nombres y tamaños. Incluso pensaron en ideas graciosas como el

Miedo **MIEDOSO** del tamaño de un OSO

Con olor a tostadas **CALIENTES**
la vergüenza se me va de la mente

Cuando **TENGA MIEDO** a quedarme SOLO,
pienso en *jugar a los bolos.*

Lucía y Juan se reían tanto que hasta el zumo de naranja se les salió por la nariz como dos mangueras de agua.

Cuando se tranquilizaron, Juan le dijo a su amiga que había un miedo que no le había contado a nadie y que era muy grande. Algunas veces estaba por todo el cuerpo, se ponía de color MORADO OSCURO BRILLANTE y hacía que el corazón latiera rápido, le sudaran las manos y le costara respirar, como cuando te dan un susto.

Le contó que algunas veces pensaba que las personas no le querían, que su padre y su madre, cuando se enfadaban con él, le iban a dejar de querer, o que iba a dejar de ser el hermano favorito de su hermana Vega porque algunas veces se peleaban.

—Ese miedo debe ser muy grande, Juan —le dijo Lucía—. ¿Y cómo te sientes cuando te pasa?

—Pues triste, nervioso, enfadado, nostálgico, solo, apenado...

—¡ANDA! CUÁNTAS EMOCIONES JUNTAS. Mi padre dice que ese miedo lo tenemos todas las personas.

»Que es importante que cuando nos sintamos así, podamos contárselo a alguien con quien tenemos confianza. Y si estamos solos, podamos recordar nuestra burbuja de la tranquilidad y pensar en las personas especiales que nos quieren y nos protegen.

¿QUIERES QUE HAGAMOS LA LISTA DE NUESTRAS PERSONAS SUPERESPECIALES?

—¡Vale!

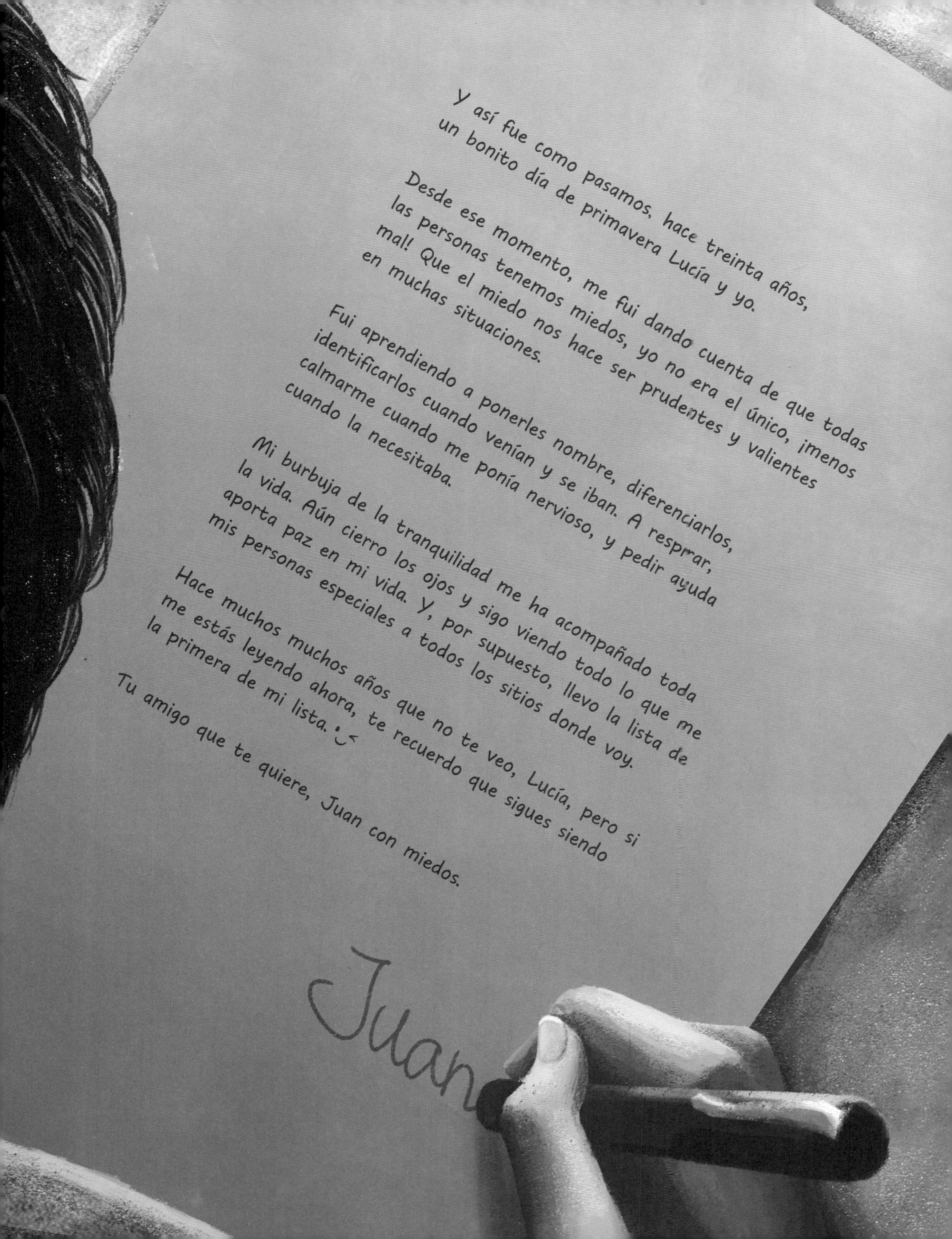
Y así fue como pasamos, hace treinta años, un bonito día de primavera Lucía y yo.
Desde ese momento, me fui dando cuenta de que todas las personas tenemos miedos, yo no era el único, ¡menos mal! Que el miedo nos hace ser prudentes y valientes en muchas situaciones.
Fui aprendiendo a ponerles nombre, diferenciarlos, identificarlos cuando venían y se iban. A resprar, calmarme cuando me ponía nervioso, y pedir ayuda cuando la necesitaba.
Mi burbuja de la tranquilidad me ha acompañado toda la vida. Aún cierro los ojos y sigo viendo todo lo que me aporta paz en mi vida. Y, por supuesto, llevo la lista de mis personas especiales a todos los sitios donde voy.
Hace muchos muchos años que no te veo, Lucía, pero si me estás leyendo ahora, te recuerdo que sigues siendo la primera de mi lista. :)
Tu amigo que te quiere, Juan con miedos.
Juan

«La solución al miedo no es la calma, es la seguridad»

A. González

Todas las personas, en algún momento de nuestra vida, nos hemos podido sentir identificadas con Juan y sus miedos. En mayor o menor intensidad y disfrazado de muchas formas, el miedo, como estado emocional, es un mecanismo natural y necesario por el que aprendemos a desenvolvernos y protegernos.

Las últimas investigaciones científicas han descubierto que, aunque el cerebro entiende que lo que está viendo o imaginando es una fantasía (sueños, películas, cuentos...), la respuesta que el organismo tiene a esos estímulos es similar a la que tendría si lo que se está visualizando es real, tangible. De hecho, quién no ha estado viendo una película de miedo y ha gritado, sudado, ha empezado a respirar más rápido... o a quién no le han contado una historia de terror en una noche de campamento y ha pasado una noche de pesadillas, miedo, angustia...

Por tanto, vamos a hablar del miedo como el conjunto de reacciones corporales, emocionales y cognitivas ante situaciones reales o imaginarias del pasado, presente o del futuro. El objetivo de esta fundamentación teórica es mostraros lo que los niños y niñas (y personas adultas) sienten cuando se exponen a situaciones de estrés y la importancia de aprender a acompañarlos.

¿Todos los miedos son iguales?

Los miedos básicos o de carácter más innatos son un mecanismo de supervivencia y, aunque es cierto que pueden variar, encontramos patrones comunes, sobre todo en los más pequeños, a sentirse en peligro: ruidos fuertes (tormentas, ladridos, explosiones, gritos...), oscuridad, alturas y sensación de inestabilidad o personas extrañas. Son situaciones en las que sentimos que el peligro es inminente y nuestro cuerpo reacciona poniéndonos en alerta.

Conforme crecemos, la percepción del riesgo va cambiando y ya entran factores sociales que se van convirtiendo en «miedos» más habituales en las etapas evolutivas. En nuestra sociedad, y siempre a modo de orientación, podemos encontrar elementos comunes en las siguientes edades:

0-6 meses	6-12 meses	1-4 años	4-8 años	8-12 años
· Ruidos fuertes. · Caídas. · Personas desconocidas.	· Separación de la figura de seguridad/apego. · Ruidos fuertes. · Personas desconocidas. · Alturas.	· Quedarse solos. · Oscuridad. · Tormentas. · Animales grandes. · Personal médico, inyecciones, intervenciones... · Personas disfrazadas. · Ruidos fuertes.	· Seres imaginarios: brujas, monstruos... · Oscuridad. · Quedarse solos o solas. · Conflictos bélicos. · Miedos concretos tipo insectos, animales, globos... · Heridas, dolor.	· Rendimiento escolar. · Enfermedades. · Muerte. · Fantasmas. · Oscuridad. · Conflictos entre la familia. · Rechazo del grupo de iguales.

A nivel cultural entran otros factores que se transmiten en forma de creencias: *Zima y Flora* es un cuento de tradición oral de la zona de África Occidental, que cuenta una historia terrorífica de una adolescente que desafía las normas. O *El hombre del saco,* en nuestro caso, es un ejemplo de cómo cada cultura genera «miedos» con el objetivo de establecer un control social y transmitir valores y otras creencias.

Por tanto, el abanico de miedos depende de muchos factores e incluso de la propia personalidad de la persona, habiendo algunas con tendencia más aprensiva y otras menos. Lo importante es entenderlas en su contexto y saber acompañarlas.

Qué le pasa a Juan cuando tiene miedo

BREVE NEUROBIOLOGÍA DEL MIEDO

Todo lo que ocurre en el cerebro de Juan a la hora de percibir y reaccionar ante las situaciones que le dan miedo es apasionante. Cómo se relaciona la amígdala con la corteza prefrontal ventral, el hipocampo, el sistema nervioso autónomo, el endocrino... os va a ayudar no solo a entender por qué los niños y niñas perciben y reaccionan de forma diferente ante lo que ocurre en el entorno, sino que podréis explicárselo para que ellos mismos lo entiendan.

Os he preparado un código QR donde podéis acceder a mi web y ampliar toda la información, veréis que uso un lenguaje sencillo y gráfico. Ahora quiero centrarme en explicaros una parte de la neurobiología que sí me interesa que se entienda muy bien.

DENTRO DEL SISTEMA NERVIOSO AUTÓNOMO DE JUAN, HAY DOS VÍAS QUE FUNCIONAN. LA VÍA SIMPÁTICA Y LA PARASIMPÁTICA.

La simpática es la que se encarga de decirle a nuestro cerebro que active al cuerpo para buscar ayuda, protegerse, luchar o salir corriendo de la situación de peligro que está viviendo. Para eso, aumenta el ritmo del corazón y la glucosa en sangre, dilata las pupilas, relaja los bronquios para que los pulmones cuenten con más aire, disminuye la secreción de saliva, contrae los músculos pilomotores (la famosa piel de gallina), aumenta la sudoración, relaja la vejiga, disminuye los movimientos peristálticos del sistema digestivo...

¿OS SUENAN ESTOS SÍNTOMAS CUANDO ESTAMOS MUY NERVIOSOS O TENEMOS MIEDO?

Es difícil que el cuerpo pueda mantener esta situación durante mucho tiempo porque la energía que tenemos se termina «agotando». Por eso, cuenta con otro sistema opuesto a este que nos ayuda a reponernos del «susto». El sistema parasimpático es el que nos ayuda a recuperar la energía que hemos perdido disminuyendo el ritmo del corazón, aumenta los movimientos de nuestro sistema digestivo, contrae las pupilas, relaja nuestros músculos, disminuye el sudor... todo lo contrario a lo que hace el simpático. Nos ayuda a «recuperarnos» del susto para que, como se dice popularmente, «no se quede en el cuerpo».

Vamos a traducir todo esto a varios ejemplos. Cuando un niño o niña siente miedo, recordad que puede ser real o imaginario, todo su cuerpo se activa y reacciona:

¿Qué hace un niño o niña pequeña cuando ve a un perro que no conoce y se acerca rápido?

¿Qué hacemos cuando estamos viendo una película e intuimos que viene una escena de miedo?

¿Qué hacen los niños cuando tienen una pesadilla o les da miedo la oscuridad?

¿Qué hacemos cuando vamos a tener una conversación desagradable y nos dan miedo las consecuencias?

En el caso del perro, puede que sea agarrarnos con fuerza a las piernas de papá o mamá y escondernos detrás; con la película de terror, que nos cojamos fuertemente del brazo de la persona que tenemos al lado o incluso taparnos la cara con sus manos para no ver la escena que viene; con las pesadillas, salir corriendo para meternos en nuestra cama o llamarlos gritando para abrazarlos; y cuando toca una conversación que nos angustia o ya la hemos tenido, llamamos a nuestras amigas o amigos, quedamos para contarles lo que nos ha pasado y así sentirnos arropadas, sostenidas y tranquilas.

Llegados a este punto, dejadme por un momento que cambie de tema para contaros una cosa interesante y luego vuelvo con los ejemplos.

Fijaos qué curiosidad, en el cerebro existe un área que tiene forma de diadema que se llama «corteza somatosensorial», y en la que está representado todo nuestro cuerpo.

En la mitad del siglo pasado, se pensaba que cuanto mayor fuera el área del cuerpo, mayor número de neuronas tendría en el cerebro. Es decir, que se le atribuía a la espalda, por ejemplo, más espacio en esa corteza que a un dedo pulgar. Con el tiempo se ha descubierto que esto no es exactamente así, sino que las partes a las que el cerebro le da más importancia es a la cara, dentro de esta a los labios, las manos y la curvatura del cuerpo. **CURIOSO, ¿VERDAD?**

¿Será que el hecho de que te acaricien la cara, te besen, te abracen, te cojan de la mano o te den un abrazo es tan importante que el cerebro le da prioridad sobre otras partes del cuerpo?

S.O.S. Me siento en peligro y necesito que me protejas

Actualmente, ya se ha investigado lo que ocurre en el corazón de dos personas cuando están cerca la una de la otra. Resulta que el corazón, con sus 40.000 neuronas, tiene un papel fundamental en la forma en la que interpretamos las señales del ambiente. Se ha descubierto que dos personas en interacción no solo tienden a acompasar sus corazones, sino que «sus cerebros» también coordinan su actividad y empiezan a «parecerse», recordad el dicho de «dos personas que duermen en el mismo colchón, se vuelven de la misma condición». E incluso se ha descubierto que también «se conectan» los sistemas endocrinos, el encargado de segregar hormonas que nos ayudan a que nuestro cuerpo reaccione al miedo, como el cortisol o la adrenalina, o que entremos en calma, como la serotonina, oxitocina... **EL CUERPO ES ALUCINANTE.**

Somos seres inherentemente sociales y buscar ayuda cuando la necesitamos es síntoma de una buena salud mental. Ya es prácticamente unánime la idea de que en los animales sociales no sobrevive el más fuerte, sino el que mejor coopera. Y cooperar significa pedir ayuda, sostenerse, cuidarse, sintonizar.

Así que la reacción instintiva que tenemos cuando nos sentimos en peligro es **BUSCAR AYUDA**. De forma casi automática, reactiva, nuestro cuerpo se moviliza para buscar que nos protejan.

¿Qué activa entonces nuestro sistema parasimpático? ¿Qué nos ayuda a que vayamos recuperando la calma? Pues ya tenemos la primera respuesta: el **ACOMPAÑAMIENTO**. Que las personas a las que buscamos nos hagan sentir protegidas. Alguien que sintonice con nuestro estado de alerta y nos ayude a salir de él, poco a poco, para ir relajándonos. Con los abrazos, la mirada, los gestos de tranquilidad... Nuestro cuerpo le da mucha importancia y además sabe sintonizar, así que es fundamental acompañar con nuestro cuerpo a los niños y niñas cuando se sienten en peligro (recordad, sea imaginario o real).

Pero ¿basta solo con una protección física? ¿Es importante que nos expliquen qué está pasando para que nos tranquilicemos y aprendamos qué ocurre y cómo podemos resolverlo?

S.O.S. Me siento en peligro y necesito que me ayudes a entender qué pasa

Vuelvo a los ejemplos para seguir reflexionando. Partimos ahora de que en las situaciones anteriores hemos sentido la protección física, pero nos encontramos con las siguientes escenas:

¿Qué ocurriría si al niño que está escondido detrás de las piernas de su madre le dicen que se deje de tonterías y aprenda a ser valiente?

¿Qué pasaría si la persona a la que queremos agarrarnos en el cine nos ridiculiza diciendo que le hacemos pasar vergüenza?

¿Qué pasaría si un niño o niña paralizada en su cama por el miedo pide ayuda y nadie va, o la persona que va le dice de forma agresiva que es una cobarde y que tiene que aprender a ser mayor ya? ¿O si viene a nuestra cama temblando de miedo y le decimos que las pesadillas son mentira y que se vaya a la cama, que nos tiene hartos con sus tonterías de niño chico?

¿Y si vas a tener una conversación con tu pareja en la que crees que te va a dejar y llamas a tus amigas y ellas te dicen que eres una exagerada y que te haces la víctima, no te escuchan y no puedes expresarles lo que sientes?

¿O si tuvieras miedo a lo que te va a decir el médico porque en unas pruebas ha salido algo «raro» y nadie te quiere acompañar o la persona que lo hace te dice que «la vida está llena de malas noticias»?

Puede que encontremos la protección física, pero nos falta que validen nuestras emociones, nos expliquen lo que ocurre y nos den soluciones.

Acompañar en las situaciones de estrés no se basa exclusivamente en una protección física, sino que es crucial ayudar a **METABOLIZAR LO QUE HA OCURRIDO PARA ADQUIRIR NUEVAS HERRAMIENTAS DE GESTIÓN EMOCIONAL**. De lo contrario, podemos provocar que haya niños y niñas que busquen permanentemente ayuda cuando se sienten estresados, pero no aprendan poco a poco a gestionarlo. O como puede ocurrir en los ejemplos anteriores, que se sientan avergonzados, ninguneados, desprotegidos, sin entender lo que ocurre, ridiculizados... y todo esto influye en el desarrollo de su autoestima, ¡fijaos si influye! **AUNQUE HAYAMOS TENIDO PROTECCIÓN FÍSICA**.

A este proceso de «protección» mental, dicho de otra forma más técnica, de gestionar emocionalmente lo que ocurre fuera o dentro de mí, se le llama **MENTALIZACIÓN**. Y es crucial para garantizar una salud mental sana y hacer que nuestros niños y niñas se sientan seguros. Es la forma en la que le ayudamos a crear un diálogo interno sano, coherente, que los calme, que haga una interpretación benévola de lo que ocurre y que les ayuda a gestionar.

Y es necesaria en todas las edades. Aunque no se haya desarrollado el lenguaje, es decir, se tenga menos de 2-3 añitos. La cadencia de la voz, el tono, ritmo, volumen... todo influye para transmitir la sensación de calma y protección.

En la parte de actividades os doy algunas claves para saber cómo hacerlo.

S.O.S. ME SIENTO EN PELIGRO Y NECESITO QUE SINTONICEMOS

¡TOMA YA!

Vamos a dar un pasito más. Probablemente habréis escuchado hablar de la Teoría del Apego. Una teoría que pese a surgir en los años 70 del siglo pasado, tiene una validez actual cada vez más refutada científicamente. J. Bowlby, su creador, definió a finales de los 80 la conducta de apego como una propensión instintiva, mostrada por los humanos y otras especies superiores, a buscar seguridad en la cercanía a una persona percibida como protectora, en situaciones donde SE DISPARA EL MIEDO u otros sentimientos asociados con la percepción de vulnerabilidad.

Existen tres aspectos básicos que describen el desarrollo del apego:

-**SINTONÍA.** El estado interno de las personas cuidadoras se halla en sintonía con los del hijo o hija. Suele acompañarse de señales no verbales (miradas, caricias, la voz, los abrazos...).

-**Coherencia.** El sentido de integración que el niño o la niña adquiere a través de la relación con sus personas de referencia hará que se sienta integrada y en conexión con los demás.

-**Equilibrio.** El niño o la niña equilibra y regula su cuerpo, las emociones y los estados mentales a través de la sintonía con los progenitores.

Sintonizar consiste en «encontrar la frecuencia» en la que podemos escucharnos, entendernos o calmarnos.

Para ello, es crucial nuestro estado emocional y la forma en la que, como personas adultas, transmitimos lo que está pasando.

RECORDAD LA CAPACIDAD TAN ASOMBROSA QUE TIENEN DOS CUERPOS DE ACOMPASARSE CUANDO «SINTONIZAN»

Volvamos a los ejemplos anteriores.

Imaginad que al niño aterrado que se esconde detrás de nuestras piernas, además de protegerlo, le vamos diciendo «tranquilo, cariño, mamá está contigo, es cierto que el perro te da mucho miedo, y voy a ayudarte a que poco a poco nos vayamos acercando para ver que es un cachorrito y se puede jugar con él».

Que la persona con la que estamos viendo la película, además de agarrarnos, nos dice que no nos preocupemos, que cerremos los ojos y que ella nos avisa cuando pase el peligro. Que si quiere, podemos cambiar de película porque puede que ahora no sea el momento para verla y no sabíamos que iba a generarle tanta angustia. Y, además, aprovechamos para ayudarle a que nos cuente lo que le ha dado tanto miedo y cómo se siente.

Si a la niña o al niño que viene a nuestra cama aterrado le decimos: «Uf, qué miedo has tenido que pasar, ¡estás temblando!, vente un ratito con nosotros que te abrazamos fuerte y cuéntanos qué te ha pasado, cariño, así podemos ayudarte». O nos llama y vamos a la cama y, viendo su cara de miedo, le abrazamos fuerte y le decimos que ya estamos allí para ayudarle a que se calme y le ayudamos a que nos cuente y le damos diferentes opciones que lo tranquilicen...

O a la chica que está aterrada por la noticia que le van a dar, sus amigas la escuchan, le dicen que tiene que ser muy duro lo que está sintiendo y le transmiten que, pase lo que pase, van a apoyarla y acompañarla con lo que necesite.

¡Ahora sí estamos sintonizando! Estamos protegiendo, validando, escuchando lo que sienten, ayudándoles a que su diálogo interno se calme, entienda lo que ocurre y elabore alternativas. Y para que eso ocurra, nuestra calma es fundamental. Si nuestro cuerpo está agitado y nuestro diálogo está alterado, no sintonizaremos o, lo que es peor, lo haremos pero en unas condiciones de estrés tremendas. Algo así como «echaremos más leña al fuego».

Cuando conseguimos acompañar de esta forma, nuestros hijos e hijas van desarrollando un vínculo seguro o un apego más seguro. Esto es una garantía de mayor calidad de vida, salud mental y capacidad de resolver los inconvenientes que la vida nos va poniendo por delante.

¡ASÍ QUE CREO QUE MERECE LA PENA INTENTARLO!

ME REGULO PARA REGULAR, ME CALMO PARA SINTONIZAR

¿Que no es fácil? Nadie ha dicho que lo fuera, pero la alternativa ya la conocemos y, aunque supone un acto de consciencia y desarrollar nuestras propias herramientas y capacidad de autorregulación, el mundo del acompañamiento emocional supone ir aprendiendo a ser referentes adultos suficientemente seguros.

A modo de resumen, partimos de las siguientes ideas:

1. El miedo es necesario para aprender a gestionar nuevas situaciones.
2. Nuestro cuerpo y nuestra mente reaccionan ante situaciones reales o imaginarias que nos generan estrés.
3. Existen muchos tipos de miedos. Es importante identificarlos y ponerles «nombre y apellido» para diferenciar unos de otros y así afinar más en lo que nos ocurre.
4. Lo primero que hacemos cuando nos sentimos inseguros o inseguras es buscar protección física y psicológica. Necesitamos entender lo que nos pasa y adquirir herramientas para gestionarlo.
5. Cuando somos pequeños, necesitamos de otras personas para regularnos e ir entrando en calma. Conforme vamos creciendo, debemos ir aprendiendo a autorregularnos, aunque siempre podemos necesitar un apoyo para nuevas situaciones que no conocemos.
6. Cuanto más pequeños, más ayuda necesitamos y más susceptibles somos de que esos miedos que no han sido acompañados se puedan convertir en situaciones traumáticas.
7. Hay personas con tendencia más miedosa y otras menos, lo importante es saber sintonizar, aportar equilibrio y coherencia para enseñar a los más pequeños y pequeñas a moverse por el mundo de una forma más sana y adaptada.

AHORA LLEGA EL MOMENTO DE PONER TODO ESTO EN PRÁCTICA Y APRENDER A ACOMPAÑAR

1. «ESTAR» CON MAYÚSCULAS

Lo más importante, antes de daros más herramientas, es empezar por vuestra presencia. Ya hemos visto que lo primero que necesita una persona que está sintiendo miedo es sentirse protegida y que la calmen física y mentalmente. Para conseguir eso, os doy algunas claves que debemos tener en cuenta:

-No minusvalorar o ridiculizar. Es importante entender qué está sintiendo el niño o la niña (cualquier persona) en ese momento. Darle importancia, mirar a la cara a su altura, abrazar, coger de la mano, poner una postura de protección y siempre VALIDAR lo que le pasa. Ya hemos visto que la persona lo está viviendo como algo real y, aunque nos parezca algo nimio, es importante que entiendan que los creemos y estamos con ellos.

-Sintonizar. Supone introducirse en su mundo para entender lo que pasa y, desde ahí, acompañarlos.

Expresiones como: «Cariño, qué duro tiene que ser lo que has visto», «Lo has tenido que pasar muy mal», «Qué importante es que pidas ayuda», «No puedo imaginar lo mal que lo has pasado», «Quiero entenderte»... son canal rápido para conseguir ese encuentro emocional.

2. Interpretar con benevolencia

Entender que puede haber situaciones en las que el miedo sea una forma de decirnos que nos necesitan. Por ejemplo, cuando un niño o niña nos dice que le da miedo el baño y que le acompañemos, puede que lo que necesite sea estar un ratito con nosotros. Cuando dicen que les da miedo dormir solos, puede que necesiten abrazarnos porque están preocupados con algo o llevan tiempo sin vernos. Se trata de saber interpretar el mensaje que nos están dando y que ellos mismos no saben cómo expresarlo. Es un «leer entre líneas». Interpretar con malevolencia supone todo lo contrario, pensar que la intención del pequeño o pequeña es manipularnos, hacernos daño, llamar la atención... por ejemplo. En estos casos, les atribuimos una intencionalidad que nos aleja de cualquier posibilidad de sintonizar y calmar.

3. Enseñarles a que identifiquen qué sienten y en qué parte del cuerpo

Ampliar el vocabulario emocional es fundamental para identificar y diferenciar las cosas. No es lo mismo sentir miedo que estar aterrado, acongojado, espantado, ridiculizado... Además, les va a ayudar a conocerse, adelantarse a situaciones que les pueden provocar estrés y poner en práctica herramientas de calma. Es una forma también de conectar el cuerpo con la emoción y ayudarles a expresarse.

AMPLÍA EL VOCABULARIO EMOCIONAL

Os enlazo a un vídeo que os explica cómo ampliar el vocabulario emocional, un artículo que lo desarrolla y la posibilidad de descargaros la Rueda de las Emociones.

4. Enséñales a «coger distancia»

Una forma de ayudarles también a entender sus estados mentales con respecto a lo que ha ocurrido es hablando de lo que ha sucedido, pero desde la distancia, una vez que ha pasado y se puede hablar de eso. Para ello, todos los ejercicios que nos ayuden a ver las cosas «desde fuera» son muy buenos:

VÍDEO DONDE CONSTRUIMOS MARIONETAS PARA TRABAJAR LOS MIEDOS A LA OSCURIDAD.

-Dibujar los miedos.

Si estáis trabajando los miedos en el aula o en casa, podéis jugar a que los dibujen en un papel. Dibujar, moldear con masilla, plastilina, barro... ayudarles a expresar lo que imaginan, contarlo, darle forma, color para luego ponerles un título y ayudarles a buscar estrategias para entenderlos y calmarse. Avisaros que en estas actividades pueden salir situaciones traumáticas o muy comprometidas para las que tengáis que recurrir a ayuda especializada. Si se sienten tranquilos con vosotros y vosotras, puede que se atrevan a contar algún «miedo» que trascienda de los habituales por su edad.

OS ENLAZO A UNA ACTIVIDAD QUE OS PUEDE SERVIR DE GUÍA.

-La silueta de las emociones.

Podéis dibujar una silueta en un papel o incluso su silueta en tamaño real en un papel continuo en el suelo y que puedan expresar con colores, figuras, lo más expresivo posible, sin meter texto, lo que han sentido o hablar de sus miedos en general. Cómo lo viven, qué tipos de miedos sienten, de qué color son, qué nombres les pondrían, si tendrían alguna forma... luego pueden ponerle un título al dibujo y para cada uno de ellos, buscar estrategias de afrontamiento o gestión.

5. Ayúdales a transitar el miedo. Salir del bloqueo

Una cosa es proteger y otra evitar la situación. En la gestión del miedo, lo más importante es que el niño o la niña vaya adquiriendo herramientas para poder gestionarlo y ganar confianza en sí mismo. Para ayudarle a salir del bloqueo es importante tranquilizar (ya lo hemos visto antes) y darle alternativas, opciones. Para ello es interesante:

-Preguntarle qué se le ocurre para gestionar y resolver lo que esté ocurriendo.

-Darle ideas para que pueda elegir la que le resulta más segura.

-Contar ejemplos de cosas que os funcionaban cuando erais pequeñas o pequeños y también tuvisteis miedo.

-Ensayar opciones que pueden ayudar a que gestionen lo que les ocurre.

-Entablar conversaciones sobre qué cosas podría haber hecho para anticiparse a la situación que le genera estrés.

La protección tampoco es sobreprotección. Es decir, mientras que observemos que la persona no entra en pánico y que, aunque le cueste un poquito, puede ir gestionando lo que le ocurre, cuando lo consigue, la autoestima le sube como un trampolín. Se trata de sostener, estar cerca, y ayudarlos a que aprendan.

6. Enséñale a que el cuerpo se regule poco a poco

Meditación del arcoíris

Existen muchas estrategias para aprender a calmarse. La mayoría de ellas se centran en la gestión de las sensaciones corporales para calmar los pensamientos que se «activan» con el miedo. A continuación, te cuento algunos trucos:

-Conectad con la respiración. Enseñarles a respirar de forma pausada y consciente es fundamental y para ello hay que practicar. Os dejo un enlace en el siguiente código en el que os enseño la Meditación del Arcoíris, para que os sirva de ejemplo.

Lista de Spotify

-Os enlazo una lista de Spotify con temas que he seleccionado personalmente. El ritmo, la melodía, la tonalidad de cada una de ellas ayudan a generar calma y realizar ejercicios de respiración, conciliar el sueño, acariciarse, abrazarse o, simplemente, estar cerca.

-Diseñad vuestra «Burbuja de la tranquilidad».

Al igual que los protagonistas del cuento, podéis dibujar en un papel un círculo «mágico» en el que puedan meter objetos, situaciones o personas agradables que aporten calma en momentos de estrés. También podéis hacerlo en el suelo, con un trozo de lana rojo en el que se meten dentro y escriben o dibujan las cosas que quieren meter dentro de su burbuja de la tranquilidad.

Manta seguridad

Os enlazo como ejemplo la explicación de la «Manta de la seguridad».

Recordad que, por encima de todas estas actividades, si no conseguimos sintonizar, aportar calma y sostener, difícilmente serán efectivas las herramientas que os he mostrado o todas las que queráis buscar. Educar también implica constancia y paciencia, los frutos a veces no llegan en el momento.

Si quieres más información sobre actividades, materiales, documentación o formación sobre el acompañamiento emocional u otros temas relacionados con psicología o educación emocional, puedes seguirme en:

Almaserra.com
Almaserra80
www.almaserra.com
Almaserra.com
contacto@almaserra.com / formacion@almaserra.com